LOIGNY OU PATAY

2 Décembre 1870

(Extrait du *Journal du Loiret* des 25 et 26 avril 1889)

ORLÉANS

IMPRIMERIE GEORGES MICHAU ET Cie
9, Rue de la Vieille-Poterie, 9

—

1889

LOIGNY OU PATAY

2 Décembre 1870

(Extrait du *Journal du Loiret* des 25 et 26 avril 1889.)

ORLÉANS

IMPRIMERIE GEORGES MICHAU ET Cⁱᵉ

9, Rue de la Vieille Poterie, 9

—

1889

In 5
1279

LOIGNY OU PATAY

2 Décembre 1870

Dans sa séance du 10 janvier 1889, la Société archéologique d'Eure-et-Loir, après avoir entendu la lecture du Mémoire intitulé *Loigny ou Patay*, qui est l'œuvre d'un de ses membres, a approuvé les conclusions de ce travail qui établissent que la bataille du 2 décembre 1870 doit s'appeler bataille de Loigny. Elle a décidé, en outre, que ce mémoire, après avoir été inséré dans ses bulletins, serait tiré à part, afin qu'un exemplaire fût envoyé aux principaux journaux, en demandant leur concours pour faire triompher le bon droit et la vérité.

Tous ceux qui ont fait une étude approfondie de la science historique savent avec quelle facilité naissent et se propagent les légendes, ces récits qui se présentent avec les apparences de l'histoire dont ils ne sont qu'une contrefaçon plus ou moins habile. Acceptées ordinairement sans contrôle, ces légendes font rapidement leur chemin et ne tardent pas à s'imposer comme l'expression de la vérité. Or, quand elles sont une fois maîtresses de l'opinion, il faut être bien audacieux pour tenter de les déposséder en les ramenant à leur juste valeur, et lors même qu'on a à sa disposition tout un arsenal de preuves et d'arguments péremptoires, on n'est pas assuré d'y parvenir.

Pour trouver des exemples de l'étonnante facilité avec laquelle se créent les légendes historiques, il n'est pas nécessaire de chercher dans les annales du passé, car le temps présent lui-même a les siennes qui sont nées sous nos yeux, peut-être même avec notre concours.

Telle est, pour n'en citer qu'une, la légende de la bataille de Patay.

Qui donc n'a pas entendu cent fois célébrer sur tous les tons la sanglante journée de Patay, les héros de Patay, l'étendard de Patay ? Les livres, les discours, les journaux sont remplis de ce nom glorieux, et si un étranger demande comment cette petite cité beauceronne a mérité une célébrité si retentissante, mille voix sont prêtes à lui répondre : « C'est là que s'est accompli un des plus beaux faits d'armes de la dernière guerre ; aussi le nom de Patay mérite d'être placé, dans nos fastes militaires, à côté de ceux de Reischoffen et de Châteaudun. »

N'en déplaise à ceux qui pensent ou parlent ainsi, tout cela n'est qu'une pure légende : il n'y a pas de bataille de Patay (1).

Voici en effet ce que nous apprennent les récits, officiels ou autres, de la mémorable journée à laquelle on a voulu imposer ce nom.

A la fin de novembre 1870, les troupes allemandes reculaient devant la nouvelle armée que la défense nationale avait organisée et lancée en campagne, sous le nom d'*armée de la Loire*.

Le 1er décembre, plusieurs engagements avaient eu lieu sur les confins du département d'Eure-et-Loir, à Gommiers, à Nonneville, et surtout à Villepion et à Faverolles ; partout l'avantage était resté aux troupes françaises. Le 2 décembre, dès le matin, l'action s'engagea sur une ligne dont les deux points extrêmes étaient Orgères et Artenay, en passant par Loigny, le château de Goury, Lumeau et Poupry. Le principal effort des combattants se porta sur Loigny, qui fut attaqué et défendu pied à pied pendant toute la journée, et où se passa, vers le soir, l'épisode

(1) Il n'est pas nécessaire de dire qu'il s'agit ici de la dernière guerre seulement ; car personne ne pense à contester que la bataille du 18 juin 1420 ait eu lieu dans la plaine de Patay.

le plus saillant de cette sanglante bataille. Les zouaves pontificaux ou volontaires de l'Ouest, appuyés par un détachement
de mobiles des Côtes du-Nord, firent une charge héroïque qui
arrêta l'élan de l'armée prussienne et permit à nos troupes de
battre en retraite sans être écrasées.

Tel est le récit, succinct mais exact, de la journée du
2 décembre.

Or, en tout ceci on ne voit point figurer Patay, qui est à 10
kilomètres en arrière, à 12 kilomètres environ de Loigny, point
central de la bataille, et à une distance plus grande encore des
deux extrémités. Déjà les combats de la veille avaient eu lieu
en avant et assez loin de Patay ; on n'aurait pu se battre le
2 décembre près de cette ville que dans un mouvement rétro-
grade, tandis qu'au contraire les Français se portaient en avant
lorsqu'ils ont rencontré l'armée ennemie. Patay est séparé de
Loigny par la vaste commune de Terminiers, en sorte que les
combattants les plus rapprochés en étaient à 8 kilomètres. S'il
est un fait avéré, c'est que, le 2 décembre, il n'a été tiré ni un
coup de canon, ni un coup de fusil, sur le territoire ou dans le
voisinage de Patay.

Le 4 décembre, il est vrai, les troupes qui protégeaient la
retraite ont été abordées par les Prussiens autour de Patay, et
on s'est battu pendant quelques heures. Mais ce ne fut guère
qu'une escarmouche comme il y en avait chaque jour, et le
général Chanzy en rendit compte en quelques lignes seulement.
Il faut convenir que le nom de bataille de Patay serait un peu
ambitieux, pour désigner ce combat isolé, et on ne pourrait
sans exagération parler des héros et de la sanglante hécatombe
de Patay.

Aussi ce n'est point cette affaire de minime importance, mais
c'est bien la journée du 2 décembre que l'on veut attribuer à
Patay, sous prétexte que la proximité autorise cette dénomination.
Cette proximité, on le voit, est tout à fait relative, et il est
étonnant qu'on ose l'invoquer pour faire concurrence à Loigny
qui est au centre du champ de bataille. Patay était assez éloigné
pour n'avoir rien eu à souffrir , tandis que Loigny a été criblé
de balles et en grande partie incendié par les obus. D'ailleurs,

les combats de Villepion et de Faverolles étaient sensiblement plus rapprochés de Patay que la bataille de Loigny ; pourquoi ne leur a-t-il pas de préférence donné son nom ?

On dira peut-être que Patay étant le quartier général avait le droit d'imposer son nom à la bataille. Mais alors il devait réclamer le même droit pour tous les combats qui ont eu lieu dans son voisinage. D'ailleurs cette manière de désigner les batailles peut être conforme aux habitudes allemandes, mais elle n'est pas acceptée en France, et on ne voit pas pourquoi on ferait ici une exception.

On se demande qui a pu avoir le premier la pensée de donner à cette bataille un nom qui ne lui convient à aucun titre. S'il est facile de constater l'existence d'une légende, il l'est souvent beaucoup moins d'en découvrir l'auteur. Nous croyons pourtant savoir quel est le père de celle que nous voudrions détruire ; c'est celui-là même qui avait qualité pour connaître et pour dire la vérité, c'est le général Chanzy, commandant en chef du corps d'armée qui s'est battu à Loigny. Dans ses rapports officiels, le général Chanzy ne parlait que de Patay et semblait avoir oublié le nom de Loigny ; ce qui est bien possible d'ailleurs, car il n'a vu Loigny et toute la bataille que du haut du clocher de Terminiers, à 5 kilomètres de là. Cette confusion eut un résultat très regrettable : tous les secours destinés aux blessés furent dirigés sur Patay, où l'on regorgea bientôt d'une foule de choses qui ne trouvaient pas leur emploi, tandis qu'à Loigny on mourait de faim et on ne pouvait procéder aux pansements faute de charpie et de linge. Beaucoup de parents des soldats tombés sur le champ de bataille ont été victimes de la même confusion : leur étonnement était grand quand, arrivés à Patay où ils se croyaient au terme de leur voyage, on les envoyait à 12 kilomètres de là, dans un pays dont ils ne connaissaient même pas le nom. Lorsque le général Chanzy préparait son ouvrage sur les opérations de l'armée de la Loire, quelqu'un qui avait vu les choses de plus près lui fit passer l'avis suivant : « Le général Chanzy est averti que si, dans son ouvrage, comme il l'a fait autre part, il substitue le nom de Patay à celui de Loigny, je ferai connaître les raisons de cette injuste préférence. » A bon entendeur salut, dit le proverbe. Le général fut ici bon entendeur; le nom de Loigny figura partout où il en avait le droit, et ainsi fut acheté un silence qui ne coûta que la peine de dire la vérité.

Pour être juste, il faut dire aussi que le général de Charette a contribué pour une large part à faire attribuer à Patay un honneur qui ne lui appartient pas. Dans ses discours comme dans ses écrits, il affecta dès le commencement de ne jamais séparer les noms de Patay et de Loigny. Dans la chapelle du Sacré-Cœur de Loigny, il a fait peindre l'étendard de Jeanne d'Arc en regard de celui des zouaves pontificaux, sous prétexte que l'un et l'autre se sont couverts de gloire dans les champs de Patay. A l'angle d'une gravure représentant l'église de Loigny, il a fait dessiner un poteau indicateur portant pour inscription le mot *Patay*. Il est vrai qu'au-dessous on lit : *Eglise de Loigny* ; mais comment expliquer ici la présence du nom de Patay? Il y a là une erreur flagrante qui ne peut pas être involontaire et que rien ne peut justifier.

Cependant le général de Charette, mieux que personne, sait que Patay n'a eu aucune part à l'affaire du 2 décembre. Il n'a fait que passer à Patay, en se rendant de Saint-Péravy sur le champ de bataille, et, s'il y était resté, il aurait pu être un héros de Patay, comme on le qualifie trop souvent, mais il n'aurait point été un héros de Loigny, ce qui est son véritable titre de gloire. Ce n'est pas de Patay qu'il s'est élancé à la tête de ses braves; ce n'est pas à Patay qu'il est tombé frappé par une balle prussienne; ce n'est pas dans le presbytère de Patay qu'il a été recueilli, soigné, remis sur pied de manière à pouvoir continuer la campagne. Il ne l'a point oublié, et il l'a prouvé surabondamment par tout ce qu'il a fait à Loigny, pour y honorer la mémoire de ceux qui sont morts à ses côtés en combattant pour la France. C'est à Loigny qu'il a voulu réunir leurs ossements dispersés dans la plaine, à Loigny qu'il a fait ériger la chapelle du Sacré-Cœur, ce monument digne de leur vaillance et de leur foi chrétienne, à Loigny enfin qu'il a réservé l'emplacement de son tombeau, pour y dormir le dernier sommeil auprès des siens qui ont été ensevelis dans une défaite, glorieuse comme une victoire.

Mais alors pourquoi parler de Patay, puisque Loigny seul est en cause? Pourquoi, au nom de Loigny qui éveille de si patriotiques souvenirs de la dernière guerre, associer toujours le nom de Patay qui sur le même sujet ne peut que nous laisser indifférents? — Qui le croirait? Le général veut ainsi se procurer la satisfaction de pouvoir dire qu'il a combattu au même lieu que Jeanne d'Arc. On peut bien pardonner quelques faiblesses aux grands hommes, mais au moins que ce ne soit pas au détriment de la vérité historique. Or l'histoire nous apprend que Jeanne d'Arc a combattu à plus de 12 kilomètres de là, non loin de Patay, il est vrai, mais du côté opposé à Loigny. Les deux champs de bataille sont trop distincts pour qu'on puisse les comprendre sous une même dénomination, et on ne peut, sans trahir la vérité, affirmer qu'on s'est battu à Patay en 1870, comme autrefois en 1429.

Le général de Sonis — un héros de Loigny lui aussi — n'approuvait pas cette *gloriole* de son compagnon d'armes (c'était ainsi qu'il caractérisait la préférence que le général de Charette témoignait pour le nom de Patay). Tolérant comme il l'était, il n'a jamais protesté ouvertement; mais lui-même n'a jamais parlé que de Loigny, et on était assuré de ne pas lui être agréable en prononçant à ce sujet le nom de Patay. C'est sans doute par ménagement pour le général de Sonis que, du vivant de celui-ci, le général de Charette n'oubliait guère de joindre ensemble les deux noms; mais, depuis, il n'a plus gardé la même réserve. On a pu le remarquer dans la lettre par laquelle il annonce à ses anciens soldats la mort de celui qui les avait électrisés à Loigny par ses paroles et son exemple. Nous y lisons en effet: « Il m'écrivait quelques jours avant Patay : Tout doit être commun entre nous... A lui revient l'honneur d'avoir déployé la bannière du Sacré-Cœur sur ce même champ de bataille où, quatre siècles auparavant, flottait la bannière de Jeanne d'Arc. » On voit que, pour M. de Charette, Loigny n'existe plus; il est mort avec le général de Sonis. Quant aux deux bannières, elles ont l'une et l'autre bien mérité de la patrie; mais elles n'ont point flotté au même lieu, il est inutile de le redire.

L'homme est de glace aux vérités, il est de feu pour les

mensonges, a dit un poète du grand siècle ; c'est ce qui explique comment cette erreur a rencontré tant de partisans. La plupart des journaux attribuent exclusivement à Patay la journée du 2 décembre ; quelques-uns font à Loigny l'honneur d'une petite place à la suite de ce grand nom, et le nombre de ceux qui en rapportent toute la gloire à Loigny est tout à fait restreint. Beaucoup de livres parlent de même, et on peut voir, dans une notice biographique du général de Sonis, une gravure représentant un officier qui s'élance au combat avec cette légende : *Charette à Patay.*

Peu de temps après la guerre, un orateur, parlant à Chartres devant un nombreux auditoire, célébra avec enthousiasme la vaillance des combattants de Patay, et ce même nom revint plusieurs fois sur ses lèvres. Après son discours, quelques Chartrains se permirent de lui faire observer que tout ce qu'il avait dit de Patay ne pouvait s'appliquer qu'à Loigny : « Quand on m'aurait offert cent mille francs, répondit-il, je n'aurais pas consenti à changer une seule de mes paroles, » — Quel intérêt avait-il donc à ne pas dire la vérité ?

Les Orléanais, déjà riches pourtant de bien d'autres gloires, seraient heureux de pouvoir s'approprier encore celle-ci. Mais Loigny étant du département d'Eure-et-Loir et Patay du département du Loiret, pour que cette bataille pût leur appartenir, il faudrait qu'elle ait eu lieu à Patay. Aussi n'épargnent-ils rien pour faire croire qu'il en a été ainsi. Leurs poètes chantent l'étendard de Patay ; leurs écrivains décrivent la bataille de Patay ; leurs feuilles locales ne perdent aucune occasion de rappeler les héroïques soldats de Patay, et dernièrement encore l'une d'elle mentionnait la *glorieuse bataille de Patay et l'escarmouche de Loigny* (1). — On a été plus loin ; on a voulu associer les monuments eux-mêmes à ce mensonge historique.

---

(1) Il est juste de reconnaître qu'il y a d'honorables exceptions. Le récit le plus exact et le plus circonstancié de la journée du 2 décembre est celui qui a pour titre : *Bataille de Loigny*, et il a pour auteur un écrivain d'Orléans, M. Auguste Boucher, alors rédacteur et aujourd'hui directeur du *Journal du Loiret*. (Librairie HERLUISON, à Orléans, in-12, 107 pages.)

Naguère, en effet, on érigeait dans l'église de Patay un vitrail où sont représentés, aux pieds de la sainte Vierge, Jeanne d'Arc et Charette avec les dates des *deux batailles de Patay*.

Où s'arrêtera-t-on dans cette voie? On semble avoir pour objectif de détruire jusqu'au souvenir de Loigny : on veut qu'il n'en soit plus question. L'héroïne de Patay disait de son étendard : Il a été a la peine, il est bien juste qu'il soit à l'honneur. On veut suivre ici un principe tout contraire : Loigny seul a été à la peine, et Patay serait à l'honneur.

Sans doute, on n'enlèvera pas à Loigny le sang qui a arrosé ses maisons, ses rues et ses champs, le caveau funéraire où reposent les ossements de 1,200 de ces nouveaux macchabées, l'église et sa chapelle commémorative, le bois des zouaves, la croix de granit ; on ne lui arrchera pas le souvenir des grandes choses dont il a été le théàtre, souvenir conservé et légué par les habitants à leurs enfants comme un précieux héritage ; ce sont là des choses que les efforts combinés de ses adversaires ne sauraient lui ravir. Mais ce qu'on peut et ce qu'on veut lui ravir, c'est un honneur qui ne lui appartient pas moins légitimement que tout cela, l'honneur de donner son nom à la bataille du 2 décembre. Loigny ne peut pas assister indifférent à cette spoliation ; il semblerait prêter la main à une conspiration dont il est la victime. Il se doit à lui-même de protester, il le doit aux braves qui sont tombés dans son enceinte ou autour de lui, en le disputant à l'ennemi. Il proteste donc, tardivement peut-être, mais énergiquement ; car c'est en son nom qu'est formulée cette protestation que réclamaient depuis longtemps, et à laquelle adhèrent pleinement, tous les habitants des lieux voisins où l'on a combattu le 2 décembre : pour eux, comme pour tous ceux qui connaissent les faits, il n'y a point d'autre bataille que celle de Loigny (1). Que tous ceux qui ont quelque

(1) Les habitants de Patay eux-mêmes ne parlent jamais que de la *bataille de Loigny*. On ne comprend pas l'acharnement avec lequel des personnes, étrangères au pays comme à la question, se font les tenants de la bataille de Patay. Récemment M. le Curé de Loigny — qui a pris une part assez importante à l'action du 2 décembre pour pouvoir en parler avec autorité — écrivait à un journal de Paris pour le prier de ne plus substituer le nom de Patay à celui de Loigny. On ne lui a fait aucune

souci de la vérité historique lui prêtent leur appui, et, malgré
tout, le bon droit triomphera. Patay gardera pour lui Jeanne
d'Arc et la grande victoire qui fut si funeste aux armes anglaises ;
et certes sa part ne sera pas la moins belle. Mais du moins
Loigny pourra revendiquer pour lui seul de Sonis, le Bayard
des temps modernes, et la bataille où la vaillance française
brilla comme aux plus beaux jours de la chevalerie militaire (1).

réponse, mais quelques jours après le même journal disait : « On nous re-
proche de nommer souvent Patay au lieu de Loigny ; mais il est intéres-
sant de rapprocher deux événements aussi glorieux pour la France. » —
Qu'on rapproche les faits, personne n'y contredira ; mais qu'on veuille
rapprocher des lieux qui géographiquement sont si distincts et surtout
qu'on les rapproche jusqu'à les confondre, c'est une prétention exorbitante.
Et encore, ce n'est pas seulement la confusion qu'on peut reprocher au
journal en question, mais c'est la suppression du nom qui seul a droit
de figurer ici, car il ne fait presque jamais mention de Loigny. Les partisans de l'erreur désarment difficilement.

(1) La journée du 2 décembre a coûté aux Français près de 5,000 hommes,
dont 1,500 ou 1,800 tués ; comme l'action a été plus meurtrière encore du
côté des Prussiens, on ne tombera pas dans l'exagération en disant que,
ce jour là, il y a eu dans les deux armées au moins 10,000 hommes mis
hors de combat.

Abbé SAINSOT.

2 décembre 1888.

Nous soussignés, Maires des communes dans lesquelles on s'est battu dans la journée du 2 décembre 1870, après avoir pris connaissance des faits relatés dans la brochure intitulée *Loigny ou Patay*, attestons que ces faits sont rigoureusement vrais, et, nous associant à la protestation qui termine ce travail, nous pensons que, pour la vérité de l'histoire, le nom de Loigny est le seul qui convienne à cette sanglante journée.

L. FOUQUET, *Loigny, le 25 mars* 1889.
L'adjoint GUILLEMIN, *Orgères, le 31 mars* 1889.
L. DUVEAU, *Tillay-le-Péneux, le 31 mars* 1889.
FOURMON, *Bazoches-les-Hautes, le 13 avril* 1889.
C. GUYON, *Baigneaux, le 3 avril* 1889.
LANGÉ, *Lumeau, le 3 avril* 1889.
Ad. FRANÇOIS, *Poupry, le 3 avril* 1889.
FAUCHEUX, *Dambron, le 3 avril* 1889.
GAUCHERON, *Terminiers, le 2 avril* 1889.
Abel MASSON, *Guillonville, le 1er avril* 1889.
A. PINGUET, *Bazoches-en-Dunois, le 1er avril* 1889.
TOURNE. *Fontenay-sur-Conie, le 1er avril* 1889.

La pièce originale est conservée dans les archives de la Société archéologique d'Eure-et-Loir.

Orléans. Imp. Georges MICHAU et Cie

164

IMPRIMEURS À ORLEANS